An Rún Mór

CAITRÍONA NÍ MHURCHÚ

Léaráidí le Tatyana Feeney

• Eagarthóir: Daire Mac Pháidín •

THE O'BRIEN PRESS
Baile Átha Cliath

An Chomhairle um Oideachas
Gaeltachta & Gaelscolaíochta

An chéad chló 2007 ag The O'Brien Press Ltd,
12 Bóthar Thír an Iúir Thoir, Ráth Garbh, Baile Átha Cliath 6, Éire.
Fón: +353 1 4923333; Facs: +353 1 4922777
Ríomhphost: books@obrien.ie
Suíomh gréasáin: www.obrien.ie

ISBN: 978-1-84717-016-3

British Library Cataloguing-in-Publication Data.
Ni Mhurchu, Caitriona
An run mor
1. Cats - Juvenile fiction 2. Allergy - Juvenile fiction
3. Children's stories
I. Title II. Feeney, Tatyana
891.6'235[J]

1 2 3 4 5 6 7 8 9 10
07 08 09 10 11 12

Faigheann The O'Brien Press cabhair
ón gComhairle Ealaíon

Eagarthóir: Daire Mac Pháidín
Dearadh leabhair: The O'Brien Press
Clódóireacht: Cox and Wyman Ltd.

'Níl cead agat –
agus sin sin!'

Phléasc Mailí amach
ag caoineadh!
'Tá piscín uaim, a Dhaidí,'
a dúirt sí.

'Ach ní féidir

piscín a bheith agat.

Tá's agat sin, a Mhailí, a stór.

Ná bí ag caoineadh.

Gheobhaimid rud éigin eile duit.

Rothar deas bándearg b'fhéidir?'

arsa Daidí.

'Ach níl rothar deas
bándearg uaim.
Tá **piscín** uaim,'
arsa Mailí.
'Tá's agam go bhfuil piscín uait,
a stór. Ach ní féidir
ceann a bheith agat,'
arsa Daidí arís.

'Cén fáth?' a dúirt Mailí.

Thosaigh sí ag stampáil a cos

ar an urlár adhmaid.

'CÉN FÁTH?

CÉN FÁTH?

CÉN FÁTH?'

Bhí raic uafásach

ar siúl aici.

Agus bhí tinneas cinn

ag teacht ar Dhaidí.

'Tá's agat cén fáth.

Má bhíonn piscín sa teach againn
beidh súile móra dearga
ar Mhamaí.

Beidh súile móra dearga
ar Dhiarmaid.

Agus beidh súile
móra dearga ormsa.'

D'fhéach Mailí ar Dhaidí
agus fearg uirthi.
Thosaigh a beola ag crith.

'Ná bí ag caoineadh arís, a stór.

Má bhíonn piscín againn

beidh srón mhór dhearg

ar Mhamaí.

Beidh srón mhór dhearg

ar Dhiarmaid.

Agus beidh srón mhór dhearg

ormsa.'

Shiúil Mailí amach as an gcistin
agus fearg uirthi.
Dhún sí an doras de phlab mór.

Shuigh Daidí síos ar chathaoir
agus lig sé osna mhór as.

Shuigh Mailí ar a leaba.

Bhí cuma an-bhrónach uirthi.

Bhí sí ag stánadh
ar na ballaí.

Bhí pictiúir agus póstaeir
de chait ar na ballaí.

Bhí cat mór agus cat beag ann.

Bhí cat le heireaball
agus cat gan eireaball ann.

Bhí cat bán, cat dubh
agus cat rua ann.

Agus bhí cat ramhar agus
cat tanaí ann.

Rinne Mailí meangadh gáire.

Bhí plean iontach aici.

Léim sí den leaba.

Bhí cat ag teastáil ó Mhailí.

Bhí cat mór bán ag
Bean Uí Shúilleabháin.

Ba chomharsa bhéal dorais í
Bean Uí Shúilleabháin.

Bhí cat Bhean Uí Shúilleabháin
ar an mballa.
Bhí sé ag déanamh bolg le gréin.

Cat mór ramhar a bhí ann.

Bhí fionnadh fada bán air.

Bhí Bean Uí Shúilleabháin
mór agus ramhar.

Bhí gruaig fhada bhán uirthi.

Bhí sí go hálainn.

D'fhág Mailí a seomra codlata
go ciúin.
Chuaigh sí síos an staighre
go ciúin.
Shiúil sí tríd an gcistin
go ciúin.
Agus amach léi go dtí
an gairdín cúil.

Chuimil Mailí an cat mór bán.

Thosaigh an cat mór bán

ag crónán.

Bhí Mailí sona.

Agus bhí an cat sona freisin.

D'fhéach sí ar a teach féin.

Ní fhaca sí éinne.

Rug sí ar an gcat mór bán.

Rith sí isteach sa teach leis.

Rith sí tríd an gcistin.

Rith sí suas an staighre.

Agus rith sí isteach

ina seomra codlata.

Shuigh sí ar a leaba.

D'fhéach sí ar an gcat.

D'fhéach an cat ar ais uirthi.

Bhí Mailí sona.

Agus bhí an cat sona freisin.

D'fhéach Mailí
amach an fhuinneog arís.
Bhí cat eile ag teastáil uaithi.
Bhí cat ag Bean Uí Chonghaile.
Ba chomharsa bhéal dorais í
Bean Uí Chonghaile freisin.

Bhí Bean Uí Chonghaile
an-chosúil lena cat!
Cat beag dubh tanaí a bhí ann.

Bhí Bean Uí Chonghaile
beag agus tanaí.
Agus bhí gruaig dhubh uirthi
freisin.

Bhí cat Bhean Uí Chonghaile
ar an mballa.
Bhí sé á lí féin.
Cat gránna a bhí ann.
Ach thaitin sé le Mailí.

Chuir Mailí an cat mór bán
i bhfolach.
Chuir sí faoin mblaincéad é
agus rith sí síos staighre.

Chuaigh sí isteach sa chistin.
Bhí Mamaí ann.
Bhí Daidí ann.
Agus bhí Diarmaid ann.

Nuair a shiúil Mailí isteach sa
chistin lig Mamaí cúpla sraoth:
**'A-tiú, a-tiú,
a-tiú!'**

Lig Daidí cúpla sraoth:
**'A-tiú, a-tiú,
a-tiú!'**

Agus ansin lig Diarmaid
cúpla sraoth:
**'A-tiú, a-tiú,
a-tiú!'**

Rith Mailí amach
go dtí an gairdín cúil.
Chuaigh Mailí suas
go dtí an cat beag dubh.

Chuimil Mailí
an cat beag dubh.
Thosaigh sé ag crónán.
Bhí Mailí sona.
Agus bhí an cat sona freisin.

Chuaigh Mailí suas
go fuinneog na cistine.
D'fhéach sí isteach an fhuinneog.
Ní raibh éinne sa chistin.

Rug Mailí ar an gcat beag dubh.

Rith sí isteach sa teach leis.

Rith sí tríd an gcistin.

Rith sí suas an staighre.

Agus rith sí isteach

ina seomra codlata.

Bhí cat mór bán ag Mailí.

Agus bhí cat beag dubh ag Mailí.

Bhí sí an-sona.

Chaith sí an tráthnóna ar fad
ag súgradh leo.

D'imir sí cluiche ribíní leo.

D'imir sí cluiche liathróide leo.

Ach nuair a chuaigh Mailí
síos staighre don tae,
bhí súile móra dearga
ar Mhamaí.

Bhí súile móra dearga
ar Dhaidí.

**Agus bhí súile
móra dearga**
ar Dhiarmaid.
Bhí an triúr acu míshásta.

Tar éis an tae d'fhéach siad
ar an teilifís.
Theastaigh ó Mhailí
bheith thuas staighre.
Ach theastaigh ó Mhamaí
go bhfanfadh sí thíos staighre.

[Ní raibh a fhios ag Mamaí
go raibh *dhá chat* thuas staighre!]

Shuigh Mailí ar leac na fuinneoige.

Stán sí amach an fhuinneog.

Chonaic sí soilse

Mhuintir Bhreathnach.

Rinne Mailí meangadh gáire beag

léi féin.

Bhí cat deas rua
ag Muintir Bhreathnach.
Bhí an cat an-chosúil
le Muintir Bhreathnach!

Shleamhnaigh Mailí amach
as an seomra teilifíse.

Ní fhaca Mamaí í.
Ní fhaca Daidí í.
Ní fhaca Diarmaid í.

D'oscail Mailí an doras tosaigh go ciúin.

Rith sí síos an cosán caol.

D'oscail sí an geata go ciúin.

D'fhéach sí trasna an bhóthair.

Bhí an cat i ngairdín Mhuintir Bhreathnach.

Bhí an oíche an-dorcha.

Bhí an-eagla ar Mhailí.

Ansin tharla rud iontach –

rith an cat

trasna an bhóthair chuici!

Bhí Mailí sásta.

Rug sí ar an gcat.

Rith sí suas an cosán caol.

Dhún sí an doras tosaigh go ciúin.

Rith sí suas an staighre.

Agus rith sí isteach

ina seomra codlata.

Bhí sé in am codlata.

Cá gcuirfeadh Mailí na cait?

Ní raibh a fhios aici.

Chuala sí Mamaí ag teacht.

Bhí uirthi iad a chur áit éigin –

go tapa.

Na tarraiceáin!

Chuir sí an cat bán
sa chéad tarraiceán.

Chuir sí an cat dubh
sa dara tarraiceán.

Agus chuir sí an cat rua
sa tríú tarraiceán.

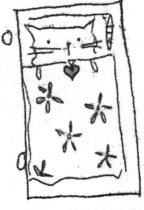

Thug sí póg do gach cat.

Osclaíodh an doras.

Mamaí a bhí ann.

Bhí Mailí ina suí sa leaba!

Ní raibh cat ar bith le feiceáil.

Bhí Mamaí bhocht an-tinn.

Bhi súile móra dearga uirthi.

Dhúisigh Mailí go moch ar maidin. Léim sí amach as an leaba.

D'oscail sí na tarraiceáin. Bhí na trí chat fós ann.

Bhí an cat bán ann.

Bhí an cat dubh ann.

Agus bhí an cat rua ann.

Bhí siad ina gcodladh go sámh.

43

Rith Mailí síos an staighre.

Bhí Mamaí agus Daidí
agus Diarmaid sa chistin.

Bhí súile móra dearga orthu.

Bhí sróna móra dearga orthu!

Bhí ciarsúr an duine acu.

Bhí siad an-tinn.

Fuair Mailí babhla bainne.

Rith sí suas staighre leis.

'Am bricfeasta!'

arsa Mailí leis na cait.

Sa chistin, chuala siad
cnag ar an doras.
Bean Uí Shúilleabháin a bhí ann.

'Gabh mo
leithscéal,' ar sise.
'An bhfaca
aon duine agaibh
mo chat mór bán?'

'Ní fhaca, a Bhean
Uí Shúilleabháin,'
arsa Mamaí agus Daidí
agus Diarmaid le chéile.

Chuala siad cnag eile **ar** an doras.
Bean Uí Chonghaile a **bhí** ann.

'Gabh mo leithscéal.
An bhfaca
aon duine agaibh
mo chat beag dubh?'

'Ní fhaca, a Bhean
Uí Chonghaile,'
arsa Mamaí
agus Daidí
agus Diarmaid
le chéile.

Chuala siad cnag eile fós
ar an doras.

Muintir Bhreathnach a bhí ann.

'Tá brón orainn,
ach an bhfaca
aon duine agaibh
ár gcat deas rua?'

'Ní fhaca ...'

Stop an triúr acu ag caint.

D'fhéach Mamaí agus Daidí
agus Diarmaid ar a chéile.

D'fhéach siad ar na ciarsúir.

Bhuail smaoineamh iad.

'A MHAILÍ!'

Rith Daidí suas an staighre.

Rith Mamaí suas an staighre.

Rith Diarmaid suas an staighre.

Rith siad díreach isteach
i seomra codlata Mhailí.

Bhí Mailí ina suí sa leaba.

Bhí an cat bán

agus an cat dubh

agus an cat rua in aice léi.

'A MHAILÍ!!!' arsa Mamaí

agus Daidí agus Diarmaid le chéile.

'Dúirt mé leat
nach raibh cead agat
piscín a bheith agat!'
arsa Daidí.
'Ach ní piscíní iad.
Is cait iad,'
arsa Mailí.

'A MHAILÍ!' arsa Mamaí.
'Tabhair ar ais láithreach iad.'

Níor bhog Mailí.
'ANOIS, a Mhailí!' a dúirt Daidí.

Thosaigh Mailí ag caoineadh.
Phioc sí suas an cat mór bán.

D'oscail Bean Uí Shúilleabháin
an doras.

'Seo duit do chat bán,' arsa Mailí.

'Tá brón orm gur thóg mé é.'

Phioc Mailí suas an cat beag dubh.
D'oscail Bean Uí Chonghaile
an doras.

'Seo duit do chat dubh,' arsa Mailí.
'Tá brón orm gur thóg mé é.'

Phioc Mailí suas an cat deas rua.

D'oscail Muintir Bhreathnach
an doras.

'Seo bhur gcat rua,' arsa Mailí.

'Tá brón orm gur thóg mé é.'

Bhí Mailí an-uaigneach
gan na cait.
Chaith sí an mhaidin ar fad
ag caoineadh.

Chuala siad cnag ar an doras
an tráthnóna sin.
Bean Uí Shúilleabháin a bhí ann.
Bhí ciseán ina láimh aici.

'An féidir liom labhairt
le Mailí, le do thoil.'
'A Mhailí, ba mhaith le
Bean Uí Shúilleabháin
labhairt leat,' arsa Daidí.

Tháinig Mailí anuas an staighre
go mall.

'Tá bronntanas agam duit,
a Mhailí,' a dúirt
Bean Uí Shúilleabháin.

Thaispeáin Bean Uí Shúilleabháin
an ciseán do Mhailí.

Bhí piscín beag ann.

'Is leatsa é, a Mhailí,' a dúirt sí.

'Ach níl cead agam
piscín a bheith agam,' arsa Mailí.
'Bíonn ailléirge ar Mhamaí,
ar Dhaidí agus ar Dhiarmaid.'

'Tá plean agamsa, a Mhailí,'
a dúirt Bean Uí Shúilleabháin.
'Is féidir leis fanacht liomsa.
Ach is leatsa é.
Is féidir leat teacht
chun é a fheiceáil
pé uair is maith leat.'

'Ó, a Bhean Uí Shúilleabháin,
go raibh míle maith agat.'

Bhí Mailí an-sona.

Bhí sí chomh sona sin

gur thosaigh sí ag gáire –

agus ag damhsa –

agus ag canadh.

'Ó tá piscín agam.

Tá piscín agam,'

a chan sí arís is arís eile.

Agus an bhfuil a fhios agat
rud éigin?

Is piscín beag fionn é.
Agus tá súile gorma aige.
Agus ... tá sé díreach cosúil
le Mailí!